U0004358

一個被綁架的西方國家
或中歐的悲劇

Un occident kidnappé ou la tragédie de l'europe centrale

Milan Kundera
米蘭・昆德拉——著

Xiu Waits
尉遲秀——譯

目錄 CONTENTS

文學與小國

La littérature et les petites nations

引文

——雅克・魯普尼克（Jacques Rupnik）——

一九五〇年生於布拉格，父親是斯洛維尼亞人，母親是法國人，於「布拉格之春」後移居法國。曾任捷克共和國總統哈維爾的顧問，現為法國巴黎政治研究基金會國際研究中心（CERI）研究主任、巴黎政治學院教授。

有些作家大會比黨的大會更重要，或者至少更令人難忘。在共產主義的捷克斯洛伐克，黨的大會一場接一場，如出一轍，了無新意，而作家大會可能是無從預測的，有時還深刻預示著政治權力與社會之間的關係的變化。

也有些大會的演講標誌著一個時代，於今重讀，依舊迴盪著獨特的回聲。我們會想到一九六七年五月索忍尼辛（Soljenitsyne）[1]在莫斯科譴責審查制度的這場演說，它激

＊本書注解除特別說明，都是譯注。

1 索忍尼辛（一九一八－二〇〇八）：俄羅斯哲學家、作家，曾因批評史達林而被送入勞改營。一九七〇年獲諾貝爾文學獎。著有《癌症病房》《古拉格群島》等書。

發了紀伊・琵雅（Guy Béart）[2]創作出一首美麗的歌曲：「詩人說了實話，他必須被處決……」一個月後，在布拉格，米蘭・昆德拉的演說揭開了作家大會的序幕，這場會議上的演說卻鮮為人知。

當時的米蘭・昆德拉是一位成功的作家，他發表的劇作《鑰匙的主人們》（一九六二年）、短篇小說集《可笑的愛》（一九六三年和一九六五年），特別是一九六七年的小說《玩笑》（在作家大會召開之際出版），讓他聲名大噪。《玩笑》呈現了一個時代，並且宣告它的終結，對捷克讀者而言（但也不僅限於捷克讀者），這部小說始終與一九六八年的春天連結在一起[3]。在文化創作大躍起的浪頭上，當時在電影學院（FAMU）教書的昆德拉成了一個耀眼的人物。這個大躍起的趨勢在文學（赫拉巴爾〔Hrabal〕、史克沃萊茨基〔Škvorecký〕、瓦楚里克〔Vaculík〕……）、戲劇（哈維爾〔Havel〕、托波爾〔Topol〕），還有電影的新浪潮（福曼〔Forman〕、帕瑟〔Passer〕、曼佐〔Menzel〕、涅梅茨〔Němec〕、希蒂洛娃〔Chytilová〕……）等各方面，都展現出卓越的原創性和多樣性。昆德拉認為六〇年代

2 紀伊・琵雅（一九三〇－二〇一五）：法國著名的詞曲創作歌手。

3 【引文作者注】蘇聯入侵未久，伽利瑪出版社於一九六八年十月出版了《玩笑》的法文譯本。

是捷克文化的「黃金時代」——這樣的說法不無道理——捷克文化逐漸擺脫政治權力的意識形態束縛，同時也不受市場的束縛。從這角度來看，一九六八年的「布拉格之春」不該僅僅被簡化為政治面向，唯有將其視為整整十年文化躍進所達致的結果才得以理解。在這十年期間，《文學報》（*Literární noviny*）的發行量達到二十五萬份，全數可於一日售罄；整整十年，文化的解放加速了政治結構的瓦解。

當權者意識到這樣的危險，試圖重掌局勢。一九六七年六月的作家大會於是成了作家和當權者相互角力的舞台。這場演出肇始於一九六三年利布利采（Liblice）的作家大會，主題是法蘭茲．卡夫卡，那是「社會主義寫實主義」的一場徵性的葬禮。大會從《審判》開始，探討這位以德文寫作的布拉格猶太作家的作品。在這些捷克讀者看來，卡夫卡的小說在出版四十年後，展現出另一種寫實主義，這對城堡的占有者——黨和國家的領袖安東寧・諾沃提尼（Antonín Novotný）——來說，是會讓他感到不安的。

一九六七年的這場作家大會有幾個高潮。首先是作家帕維爾・柯胡特（Pavel Kohout）的演說。他先是批評蘇聯集團在「六日戰爭」的反以色列政策，然後宣讀索忍尼辛致蘇聯作家協會的著名信件。黨中央正統意識形態的守衛者伊日・亨德里赫（Jiří Hendrych）忍無可忍，直接離席。他經過昆德拉、普羅哈茨卡（Procházka）和盧斯蒂格（Lustig）

所在的講台後方時，對這幾位講者喊出令人難忘的一句話：「你們已經完全失敗，徹底失敗了！」第二天，輪到瓦楚里克發難了，這位《文學報》的編輯和小說《斧頭》的作者被亨德里赫的話語激怒，他無視當時大家推想當局可以接受的所有界限，不拐彎抹角，直指問題核心，他說：權力被「一小撮想要決定一切的人」沒收了。他抨擊審查制度，甚至抨擊《憲法》。至此，決裂已成定局。

當然，政治史會記住作家們與當權者的公開衝突；作

」在一九六七年的夏天暫時挫敗，然後在一九六八年的春

（也是暫時的）。思想史更會記住米蘭·昆德拉的開

和他的同行們一樣，也抨擊了審查制度，不同的

文學與小國

捷克斯洛伐克作家大會演說
一九六七年

親愛的朋友們，儘管沒有任何一個國家是從遠古就存在於地球，而國族概念也是相對現代的，但大多數國家都認為自己的存在理所當然，是上帝或自然的恩賜，是自古以來一直存在的。所以這些人民將自己的文化、政治體系甚至邊界定義為自己的創造。這正是提問的源頭，或是問題的根源，然而他們卻認為自己作為國家的存在是不容置疑的史實。捷克的國族歷史斷斷續續，備嘗艱辛，屢屢從死神的門廳走過，所以捷克人並未受到這種錯覺的欺騙。從來沒有人認為捷克國族的存在是理所當然的，而這種**非理所當然的存在**，正是捷克國族的一個重要屬性。

在十九世紀初期，這樣的現象尤為明顯，當時有一小群知識分子首先試圖復興幾乎被遺忘的捷克語，然後在下一個世代，復興已經半滅絕的捷克民族。這種復興是深思熟慮的行動，也和所有行動一樣，是在贊成與反對之間做出的選擇。即使捷克國家復興運動的知識分子傾向「贊成」，他們也明白論辯的重量是往相反的方向傾斜。他們知道——像馬圖斯・克拉塞爾（Matouš Klácel）就說過——日耳曼化會讓捷克人的生活變得容易，會為他們的孩子提供更多機會。這些知識分子也知道，歸屬於一個更大的國家，會讓所有思想性的工作更有影響力，影響的範圍也會擴大，而用捷克語表述的科學（容我引用克拉塞爾的話）**囿限了我們勤奮的工作得到的認可**。這些知識分子知道小國的人民會遇到什麼樣的困擾，就像揚・寇拉爾（Ján Kollár）說的，**小國的人民只能思考一半，只能感受一半**，他們的教育水準——我要再引用寇拉爾的話——**經常是平庸又貧乏；沒有生命力，只是倖存，不生長也不發芽，只是勉強長出植物，不會成樹，只會長出荊棘**。

對於這些論點以及反對論點的充分認識，確立了捷克國族存在於現代世界的一個基本問題：「存在或不存在以及為什麼？」國族覺醒的先行者如此推動這個存在，這就成了一個對於未來的重大賭注。先行者們讓捷克人民面對了自身的責任——捷克人民必須在未來證明，他們的選擇是正確的。

捷克國族的存在並非理所當然。正是在這樣的邏輯裡，一八八六年，休伯特・戈登・紹爾[5]向年輕的捷克社會（當時已經開始沉溺於自身的渺小之中）直接拋出這個令人震驚的問題：如果將我們的創造力與一個文化更發達、更成熟的強大民族的創造力結合在一起（畢竟捷克的文化還在萌芽階段），我們是否會為人類做出更大的貢獻？我們為了復興民族所做的一切努力是否值得？我們民族的文化價值是否足夠偉大，足以證明其存在的正當性？此外，還有一個問題：這種價值本身，是否能在未來讓國族的存在免於遭受主權喪失

5 休伯特・戈登・紹爾（Hubert Gordon Schauer，一八六二—一八九二）：捷克記者、文學評論家。

的風險？

捷克狹隘的本土主義（provincialisme tchèque）滿足於苟延殘喘而不是好好活著，他們將這種取代虛假自信的質問視為對國族的攻擊，因此決定將紹爾排除在國族之外。然而五年後，年輕的評論家薩爾達[6]稱紹爾為他的時代最偉大的人物，並將他的文章譽為愛國的典範。薩爾達沒有錯。紹爾只是將所有捷克國族覺醒運動的領導人都意識到的困境推到極致。弗朗齊歇克・帕拉茨基[7]寫道：「**如果我們不將國族精神提升到比鄰國更偉大、崇高的活動中，那麼，我們連自己的存在都將無法保證。**」揚・聶魯達[8]更進一步說：「**我們必須將我們的國族提升到世界意識與世界教育的水準，才能**

不只確保國族的聲望，也確保國族的生存。」

捷克復興運動的領導人將國族的生存與國族應該生產的文化價值連結起來，他們希望依據對全人類的功用來衡量這些價值（套用當年的說法），而不是僅僅依據對國族的功用。他們渴望融入世界和歐洲。在這樣的脈絡裡，我要強調的是捷克文學的一種特殊性，它建構了一個在世上其他地方相當罕見的模式：翻譯家是重要的、甚至是主要的文學行

6　薩爾達（František Xaver Šalda，一八六七－一九三七）：捷克記者、文學評論家。
7　弗朗齊歇克・帕拉茨基（František Palacký，一七九八－一八七六）：捷克歷史學家、政治家，一千克朗紙幣上印的是他的肖像。
8　揚・聶魯達（Jan Neruda，一八三四－一八九一）：捷克小說家。

動者（acteur littéraire）。確實，在白山戰役[9]前的一個世紀裡，最偉大的文學家都是翻譯家：雷霍爾・赫魯比德耶勒尼（Rehor Hruby de Jeleni）、達尼葉爾・阿達姆德韋勒斯拉溫（Daniel Adam de Veleslavín）、揚・布拉赫斯拉夫（Jan Blahoslav）。約瑟夫・榮格曼（Josef Jungmann）著名的米爾頓[10]譯本奠定了國族復興時期捷克語的基礎；捷克的文學翻譯至今仍是世上最好的翻譯之一，翻譯家也享有與其他文學家同樣的敬意。文學翻譯之所以扮演如此重要的角色，理由很明顯：正是透過翻譯，捷克語才得以建立，得以完善，成為一個完整的歐洲語言，其中也包含各個領域的歐洲專業用語。最終，也正是透過文學翻譯，捷克人以捷克語創造了他們的歐洲文學，而文學又培養了閱讀捷克語的歐洲讀者。

對於那些擁有所謂正統歷史的歐洲大國來說，它們的歷史演進所依循的歐洲框架是理所當然的。然而，捷克人由於清醒與沉睡的時期數度交替，錯過了歐洲精神發展的幾個重要階段，因此每次都必須自行適應歐洲的文化框架，將這個框架據為己有，並且重構這個框架。對捷克人來說，不論他們的語言或他們對歐洲的認同，從來就沒有任何東西可以形

9 【法文版譯者注】白山戰役，爆發於一六二〇年十一月八日，是「三十年戰爭」中最早也最重要的戰役之一，標誌了捷克作為獨立國家（波希米亞王國）的終結。

10 米爾頓（John Milton，一六〇八－一六七四）：英國詩人、思想家，著有《失樂園》《論出版自由》等書。

成一種無可爭議的成就。捷克人的歐洲認同可以歸結為兩個選項之間的永恆抉擇：要麼讓捷克語弱化到最終淪為單純的歐洲方言——而捷克文化淪為單純的民俗——要麼成為一個具備一切條件的歐洲國家。

只有第二種選擇才能保證真實的存在，然而，對於一個在整個十九世紀將最重要的能量都投入建設其基礎——從中學教育到編寫百科全書——的民族來說，這樣的存在經常是非常艱苦的。可是，早在二十世紀初，尤其是兩次大戰之間，我們就經歷了一次捷克史上前所未有的文化大躍起。在二十年的時間裡，一整群天才人物致力於創作，在這段非常短的時間裡，他們第一次——自康米紐斯[11]以來——將捷克文化提升到歐洲的水準，同時還保存了捷克文化的特色。

這個重要的時期如此短暫，又如此激烈，總是讓人感到懷念。然而它更像是青春期，而非成年期。因為捷克文學才剛剛起步，具有濃厚的抒情性格，它的發展最需要的就是長久不間斷的和平時光。就在這個時候，一個如此脆弱的文化的成長被擊碎了，先是占領，然後是史達林主義，將近四分之一個世紀，將捷克文化隔絕於世界之外，削弱文化內在的多元傳統，讓捷克文化淪為單純的宣傳工具。這是一場悲

11 康米紐斯（Comenius，一五九二－一六七〇）：捷克教育家、作家，現代教育之父，終生致力於完善教學方法。

劇，它有可能再次將捷克國族流放到歐洲文化的邊緣，而這次將是永久徹底的降格。這幾年，捷克文化重獲生機，現在無疑已成為我們獲取成功的重要活動領域，許多優秀的作品問世，而且有些藝術——例如捷克電影——正在經歷它們的黃金時代，這正是近年捷克的現實中最引人注目的現象。

只是，我們的國族共同體是否清楚意識到這一切？我們是否理解，捷克國族可以和我們在兩次大戰之間的文學，和這令人難忘的青春期重新連結，而這是國族共同體的一個絕佳機會？捷克國族是否知道它自身的命運必須仰賴國族文化的命運？還是說，我們最終否認了這些捷克復興運動領導人的看法——如果沒有強大的文化價值，民族的生存根本無法獲得保障？

自從捷克國族復興以來，文化在我們社會扮演的角色或許已經改變，如今，我們不再暴露於種族壓迫的風險之中。然而，我相信，在為國族認同辯護，在維護國族認同方面，文化的重要性依然如昔。歐洲一體化的遼闊遠景在二十世紀下半葉已經開展了。這是第一次，人類共同努力，要創造共同的歷史。小的政治實體結合起來，要形成更大的實體。國際間的文化合作因為聯合而集中。觀光成為一種大眾現象。因此，幾種主要世界語言的角色越來越吃重，隨著整個生活的國際化，小語言的影響力越來越小。不久前，我和一位劇場人聊天，他是比利時的佛拉蒙人（flamand），他抱怨他的語言受到威脅，佛拉蒙知識界變得雙語化了，他們開始喜歡說英語更甚於母語，因為英語可以讓人更容易接觸國際的知識。在這樣的情況下，小民族要捍衛他們的語言和主權，只能透過他們語言本身的文化的重要性，透過這種語言所產生的獨特價值。當然，皮爾森（Pilsen）的啤酒也是一種價值。然而，世界各地喝的都是「皮爾森歐克」[12]啤酒。不，皮爾森的啤酒根本撐不起捷克人保存自己語言的訴求。未來，這個不斷一體化的世界將毫不留情、完全合法地要求我們為一百五十年前選擇的存在提出辯護，並且質問我們**為什麼**做出這樣的選擇。

最關鍵的是，整個捷克社會都要充分意識到捷克文化和捷克文學的根本作用。捷克文學是非常不貴族的——這是它的另一個特點；捷克文學是一種與國族的廣大讀者緊密結合的平民文學。這既展現了捷克文學的力量，也是捷克文學的弱點。它的力量在於它背後的堅實基礎，它的話語在那裡得到強烈的共鳴；它的弱點在於它不夠解放，在於教育水準、思想開放程度以及捷克社會或有可能出現的文化素質低下的表現，而捷克文學又是如此緊密地依賴捷克社會。有時我會擔心我們當代的教育會失去歐洲特色，而這正是我們的人文主義者和捷克國族復興運動的領導人非常重視的。古希臘羅馬文明和基督信仰是歐洲思想的兩大基本源頭，它們激發了

12 皮爾森歐克：這個啤酒品牌創立於一八九八年，商標上的「Pilsner Urquell」並非捷克文，而是德文，意為「源自皮爾森」。

歐洲思想向外擴張的張力，但它們幾乎已經在年輕的捷克知識分子的意識裡消失了；這是無法重新填補的失落。然而，歐洲思想在經歷了所有思想革命之後，依然存在某種堅實的連續性，這種思想建立了自己的詞彙、術語、寓言、神話以及它所捍衛的根本原則，如果無法掌握這些要素，歐洲知識分子就無法相互理解。我剛剛讀到一份令人沮喪的報告，內容是關於未來的捷克語教師對歐洲文學的認識，我寧願不知道他們對世界歷史掌握到什麼程度。本土主義不僅存在於我們的文學傾向之中，而且更是一個連結到整個社會的生活、教育和新聞等等的問題。

最近，我看了一部叫做《野雛菊》的電影，說的是兩個無恥到不可思議的小姐的故事，她們對自己可愛的狹隘心靈十分自豪，而且歡樂地摧毀了超出她們理解範圍的一切。我彷彿在其中看到在廣泛意義上諷喻文物破壞者的一則寓言，同時也具有迫切的現實感。文物破壞者，是什麼樣的人？不，不是會在一怒之下燒毀有錢地主房子的那種不識字的農民。我遇到的文物破壞者都是讀過書的、自滿的、社會地位不差的，對人沒什麼特別的怨恨。文物破壞者，就是自以為是，自豪於狹隘的心靈，隨時準備主張自己的權利。這種狹隘的心靈認為，依照自己心裡的形象去改造世界是他們的天賦權利，而由於世上大多數事物都超出他們的理解範圍，他們就藉由摧毀，將世界改造成符合他們心裡的形象。所以，一個青少年會在公園砍下雕像的頭，因為這座雕像過度超越他自己的人性本質，而由於每一個自我肯定的行動都會給人帶來滿足感，於是他興高采烈地將雕像斬首。只活在沒有脈絡的當下、無視歷史的連續性、缺乏文化的人們，可以把自己的祖國變成一個沒有歷史、沒有記憶、沒有回聲、沒有任何美好事物的沙漠。當代的文物破壞行為不是只具備遭到法律譴責的形式。如果負責審理某個案件的公民委員會或官僚機構宣告了一尊雕像（一座城堡、一個教堂、一棵百年椴樹）是無用的，並且決定移除它，這只不過是另一種形式的文物破壞行動。合法和非法的破壞之間，距離不是太遠，破壞和禁令之間亦然。最近，一名國會議員以一個由二十一名議員組成的團體之名，要求禁止播放兩部重要的、難以理解的捷克電影——諷刺的是——那部諷喻破壞文物行為的寓言電影《野雛菊》也赫然在列。這名國會議員恬不知恥地攻擊這兩部電影，而且毫不猶豫地承認——用他的話來說——他看不懂這兩部電影。電影的對白前言不對後語，這只是表面的理由。這兩部電影最大的罪行正是它們超出了這些審查者的理解範圍，因而冒犯了這些審查者。

伏爾泰在他給哲學家艾爾維修（Helvétius）的信裡寫了這句話：「**我不同意您所說的，但我會誓死捍衛您說出這些話的權利。**」這句話表述了我們現代文化的基本倫理原則。誰要是倒退到這個原則誕生之前的歷史，誰就是離開了啟蒙運動，退回到中世紀。任何對某種意見的壓制，包括對錯誤意見的粗暴壓制，從根本上來說，都是在反對真理，這種真理只有在自由平等的意見交鋒中才找得到。任何對思想自由和言論自由的干涉——無論這種審查制度採用什麼方法、什麼名稱——都是二十世紀的一大恥辱，對我們盛放的文學來說，也是個沉重的負擔。

有一件事是毋庸置疑的：今日我們的藝術之所以繁榮發展，是因為思想自由的進步。現在捷克文學的命運緊密依存於這種自由的範圍。我知道，只要一提到自由，就會有人感到不安，並且開始抗議說，一個社會主義文學的自由應該有其限度。很清楚的，所有自由都有其限度，這些限度是由知識狀況、偏見程度、教育水準等等所決定的。然而，沒有一個進步的新時代是由其自身的局限來定義的！文藝復興時期並沒有以其理性主義的狹隘天真來定義自己——這種天真只有在事後才變得明顯可見——而是以一種理性主義的方式從過去的邊界解放出來，藉此來自我定義。浪漫主義以超越古典主義的正統以及它越過舊邊界之後所能掌握的新素材來定義自己。同樣的，只有當社會主義文學也實現了同樣的自由解放，這個詞彙才會具有正面積極的意義。

然而，在我們這裡，大家依然認為捍衛邊界是一種比越過邊界更崇高的美德。有各式各樣的政治和社會情勢可以拿來為我們在思想自由方面的諸多限制辯護，但是，真正的政治應該是實質利益優先於當下利益的政治。而對捷克人民來說，其文化的偉大所體現的正是這種實質利益。

由於捷克文化今日的前景極佳，這一點就更顯真確了。十九世紀，捷克人民生活在世界歷史的邊緣；這個世紀，我們處在世界歷史的中心。我們很清楚，生活在歷史的中心並不是什麼輕鬆愜意的事。不過，在藝術的神奇土壤上，痛苦會轉化為豐富的創造力。在這片土壤上，即使是史達林主義的苦澀經驗也會變成一個偉大又充滿悖論的優勢。我不喜歡有人把法西斯主義和共產主義相提並論。法西斯主義以一種肆無忌憚的反人道主義為基礎，創造出一個在道德方面相對單純的狀態：它自我標榜站在人道主義的準則和美德的對立面，同時又讓這些準則和德行保持完整。相反的，史達林主義是一場偉大的人道主義運動的傳承者，儘管史達林主義的狂暴，它還是得以保存許多最初的姿態、想法、口號、說詞和夢想。看到這個人道主義運動轉變成它自己的反面，同時帶著所有人性的美德，把對於人類的愛轉變成對人的殘酷，把對於真理的愛轉變成告密等等，這產生了一個意外的視野，讓我們看見人性的價值和美德的基礎。歷史是什麼？人在歷史中的位置是什麼？人究竟是什麼？在這樣的經歷之前和之後，你沒辦法以同樣的方式回答這些問題。沒有人能在離開的時候和進來的時候一樣。當然，這不全然是史達林主義的錯。這個民族在民主制度、法西斯的枷鎖、史達林主義和社會主義之間的長途跋涉（這段歷史因為非常複雜的種族環境而加劇）重現了所有二十世紀歷史的主要元素。這或許能讓我們比那些沒有經歷過同樣旅程的民族提出更中肯的問題，創造出承載更多意義的神話。

在這個世紀裡，我們的民族比起其他許多民族，無疑是經歷了更多的考驗，而儘管我們民族的特性一直在休眠，此刻我們或許可以做得更多。這種更大的經驗能轉化為打破種種舊邊界的一種解放力量，超越人及其命運現有認識之局限的一種，從而讓捷克文化更有意義，更偉大，更成熟。目前，這可能只是一個機會，一些潛在的可能，然而這些年，捷克藝術家創作的許多作品見證了這樣的美好機遇確實是現實。

不過，我還是要問：我們的國族共同體是否意識到這個機會？是否知道這個機會屬於它？是否知道這樣的歷史機遇不會再出現第二次？是否知道錯過這個機會可能就錯過了捷克人民的二十世紀？

就像帕拉茨基所寫的：「**人們普遍認為，捷克作家讓我們的國族免於滅亡，他們喚醒了我們的國族，並且確立了國族應該努力實現的崇高目標。**」捷克作家對我們人民的生存責任重大，直到今日依然如此，因為捷克人民的生存問題很大程度取決於捷克文學的品質，取決於它的偉大或渺小，它的勇敢或懦弱，它的本土主義或普世性。

但是，捷克國族的存續值得嗎？國族語言的存續也值得嗎？這些根本的問題，放在這個國族現代存在的基礎上，依然等待著最終的答案。所以，任何人如果因為偏執盲信、破壞文物的野蠻心態（vandalisme）、文化素養低下或心胸狹隘而阻擋正在散發光芒的文化發展，就是在阻擋國族存在的前進之路。

馬丁・達內斯（Martin Daneš）譯自捷克文

捷克作家、翻譯家、記者，以捷、法雙語寫作。二〇一六年獲法國國家圖書中心小說創作獎助，以一九四五年死於集中營的捷克猶太作家卡雷爾・波拉切克（Karel Poláček）為主人翁，寫成《破碎的詞句》（Les mots brisés）一書，並翻譯波拉切克的兩部小說在法國出版。

一個被綁架的西方國家

Un occident kidnappé

引文

——皮耶·諾哈（Pierre Nora）——

一九三一年生於巴黎，法國年鑑學派歷史學者、法蘭西學院院士，以研究「國族情感」（sentiment national）著稱，曾為伽利瑪出版社主編「人文科學圖書館」和「歷史圖書館」兩個書系，對法國人文社科領域的出版貢獻卓著。

這篇文章在一九八三年十一月發表於《辯論》（*Le Débat*）雜誌（第27期），隨即翻譯成大多數的歐洲語言，文章帶來的衝擊與其簡短的篇幅極不相稱。這二十頁的文字在東方[13]引發的回應、討論和論戰如潮水般從德國、俄羅斯襲來。而在西方，依照雅克・魯普尼克的說法，這些文字在一九八九年之前提供了「重新打造歐洲心理地圖」的助力。這幾頁文字為何具有如此爆炸性的力量？

在那個年代，西方已經把中歐視為只是東方集團的一

13 同下一段的「東方集團」（bloc de l'Est），指冷戰時期的蘇聯及華沙公約會員國，地理上含括中歐及東歐的前社會主義國家。

部分了，昆德拉卻在文章裡激烈地提醒西方，中歐在文化上是完全屬於西方的。對這些歷史和政治存在並不安穩的「小國」（波蘭、匈牙利和捷克斯洛伐克）來說，文化曾經也一直是它們身分認同的聖殿。

昆德拉的創作生涯帶有捷克斯洛伐克六十年代藝術、文學和電影復興的深刻印記，他認為這種文化的活力以某種方式為「布拉格之春」預做了準備。這種文化並非專屬於菁英階層，而是人民圍繞簇擁的那種活生生的價值。他把他的思考擴展到整個中歐的文化傳承，包括一九五六年「偉大的」匈牙利起義和一九五六年、一九六八年和一九七〇年的波蘭起義。昆德拉寫道：「**中歐，最小的空間裡有最大的多樣**

性。」

中歐的悲劇也是西方的悲劇，因為西方不想看見，甚至沒有瞥見中歐的消失。西方之所以無法理解這件事的重要性，是因為西方不再從文化的面向來思考自身的問題。西方在中世紀因為基督信仰而統合，現代（Temps modernes）則是基於啟蒙運動。可是今天呢？文化面向已經被一種跟市場和資訊科技緊密連結的娛樂文化所取代。那麼，我們要賦予歐洲的草圖什麼樣的意義？

這篇文章的價值不僅來自其論證的力量，還在於作者極具個人特色和焦慮不安的聲音，而這位作者，當年已躋身歐洲最偉大作家的行列。

〈一個被綁架的西方國家〉在塑造諸如法國知識分子阿蘭・芬基爾克羅（Alain Finkielkraut）的思想方面發揮了決定性作用：芬基爾克羅在南斯拉夫戰爭期間為「小國」辯護；一九八七年，在《思想的挫敗》（*La Défaite de la pensée*）一書中亦然；同年，他創辦的《歐洲信使》（*Le Messager européen*）雜誌也是如此。昆德拉以潛在的方式為歐洲聯盟向東方國家擴大做好了思想上的準備。誰能說，在中歐國家忠於自身歷史傳承與文化認同的堅定意志當中，昆德拉不是依然發揮著潛移默化的作用？

皮耶・諾哈（Pierre Nora）

一個被綁架的西方國家
或中歐的悲劇

一九八三年

1

一九五六年九月，匈牙利通訊社社長在辦公室被俄羅斯炮火摧毀前幾分鐘，以電文向全世界發出一則絕望的訊息，內容是關於俄羅斯軍隊當天早上對布達佩斯發起的攻擊。電文以這幾個字作結：「我們將為匈牙利也為歐洲而死。」

這句話是什麼意思？意思當然是俄羅斯的坦克正在讓匈牙利陷入險境，而歐洲也一同陷入了危險。可是歐洲是在何種意義下陷入了危險？俄羅斯的坦克準備好要越過匈牙利邊境向西推進了嗎？並非如此。匈牙利通訊社社長的意思是，歐洲就在匈牙利本土遭受威脅了。他已有赴死的決心，為了讓匈牙利依然是匈牙利，為了讓匈牙利依然是歐洲。

儘管這句話看起來語意清晰，但還是繼續讓我們感到困惑。確實，在這裡，在法國和美國，人們習於認為當時利害攸關的並非匈牙利或歐洲，而是一種政治體制。絕對不會有人說是匈牙利作為匈牙利受到威脅，而且更難理解的是，為什麼一個面對自身死亡的匈牙利人會向歐洲發出呼喚。索忍尼辛譴責共產主義的壓迫時，會將歐洲視為值得為之犧牲生命的基本價值嗎？

不會，「為祖國也為歐洲而死」，這樣的一句話，在莫斯科或列寧格勒的人是不可能這麼想的，恰恰是在布達佩斯或在華沙的人才會這麼想。

2

確實，對一個匈牙利人、捷克人或波蘭人來說，歐洲是什麼？從一開始，這些國家就屬於根植於羅馬基督信仰的那個部分的歐洲。他們參與了歐洲歷史的每一個階段。對他們來說，「歐洲」一詞代表的並不是一個地理現象，而是一個與「西方」一詞同義的精神概念。當匈牙利不再是歐洲（也就是說，不再是西方）的那一刻，它就被拋出了自身的命運，拋出了自身的歷史；它失去了自身認同的本質。

地理上的歐洲（從大西洋到烏拉山脈的那個歐洲）一向分為各自發展的兩半：一半是跟古羅馬和天主教教會連結在

一起（特有符號：拉丁字母）；另一半則是根植於拜占庭和東正教教會（特有符號：西里爾字母）。一九四五年之後，這兩個歐洲的邊界往西移動了幾百公里，有幾個一向自認是西方的國家，一朝醒來卻認為自己在東方。

後來，歐洲在戰後形成了三種基本位置：西歐、東歐，還有歐洲最複雜的這個部分，就是地理上位於中部，文化上位於西方，而政治上位於東方的這個部分。

我稱之為中歐的這個歐洲的矛盾位置可以讓我們理解，為什麼三十五年來，歐洲的悲劇都集中在這裡：一九五六年匈牙利大起義及其後的血腥屠殺；一九六八年布拉格之春和捷克斯洛伐克被占領；一九五六、一九六八、一九七〇年和近年的波蘭起義。無論從悲劇的內容還是歷史的影響來看，不論是地理上的西歐還是東歐，都沒有任何事件可以跟這一連串的中歐起義[14]相提並論。這些起義每一次幾乎都得到所有人民的支持。倘若沒有俄羅斯撐腰，統治這些地方的政權根本撐不過三小時。話雖如此，發生在布拉格或華沙的事，就本質來說，不能視為東歐、蘇聯集團、共產主義的悲劇，而恰恰是中歐的悲劇。

確實，這些得到全體人民支持的起義在俄羅斯是無法想像的。但就算是在保加利亞——眾所周知，這裡是共產集團當中最穩定的部分——也無從想像。為什麼？因為東正教的關係，保加利亞從它最初的起源就是東方文明的一部分——

東正教的第一批傳教士正是保加利亞人。因此，對保加利亞人來說，上一場大戰的後果當然是一場巨大的、令人遺憾的政治動盪（那裡的人權受到的踐踏跟布達佩斯的情況不相上

14【作者注】我們能否將一九五三年柏林工人起義歸類在這些起義之中？可說是，也可說不是。東德的命運有某種特殊性。世界上不存在兩個波蘭；相反的，東德只是德國的一部分，而德國的國族存在絲毫不受威脅。東德這一塊在俄羅斯人的手中扮演人質的角色，西德和蘇聯對這個人質採取一種非常特殊的政策，這樣的政策並未施行於中歐國家，在我看來，有一天他們將會為此付出代價。這也許就是東德人和其他人之間很難自發性地產生同情的原因。當華沙公約的五國軍隊占領捷克斯洛伐克時，我們清楚地看到了這一點。俄羅斯人、保加利亞人、東德人確實可怕，確實令人畏懼。相反的，我可以講述幾十個關於波蘭人和匈牙利人的故事，他們奮不顧身地表達他們對於占領的不同意見，並且毫不猶豫地進行暗中破壞。如果在波蘭、匈牙利和捷克的默契之外，再加上奧地利當時對捷克人所提供的真正熱情的援助，以及南斯拉夫反蘇聯的狂潮，我們就會看到，占領捷克斯洛伐克的軍事行動讓中歐的傳統空間立刻以驚人清晰的方式浮現出來。

下），但是對保加利亞人來說，這樣的動盪不同於捷克人、波蘭人、匈牙利人所感受到的文明衝突。

3

一個民族或一個文明的身分認同，反映在（也歸結在）精神性的創作之中，也就是通常所謂的「文化」。如果這種認同遭受致命的威脅，文化生命就會強化、激化，而文化就會成為充滿生命力的價值，所有人民會在它的周圍聚集起來。這就是為什麼在所有中歐的起義當中，文化記憶和當代創作扮演了如此重要和決定性的角色，這在所有歐洲人民起義裡都不曾有過。[15]

以浪漫主義詩人裴多菲（Petőfi）[16]為名的文人社團在匈牙利掀起一場大規模的批判反思，為一九五六年的爆發做好了準備。在捷克，是戲劇、電影、文學和哲學為「布拉格之春」的自由解放做了多年的準備工作。波蘭最偉大的浪漫

15【作者注】對外部的觀察者來說，這樣的悖論很難理解：一九四五年之後的年代，既是中歐最悲劇性的年代，也是中歐文化史上最偉大的年代之一。無論是流亡在外的（如貢布羅維奇、米沃什），還是地下創作的（如一九六八年之後的捷克斯洛伐克），或是，還有因為輿論壓力而被當局容忍的創作活動，這個時期誕生於中歐的電影、小說、戲劇和哲學代表了歐洲創作的巔峰。

16 裴多菲（一八二三－一八四九）：匈牙利民族文學的奠基者，以詩歌號召革命，一八四八年匈牙利革命的重要人物，死於戰鬥中。

主義詩人密茨凱維奇（Mickiewicz）的一場演出被禁，引發了著名的一九六八年波蘭學生起義。這種文化與生活、創作與人民的幸福結合標誌著中歐起義的一種無從模仿的獨特美感，我們這些親身經歷過的人，永遠為之著迷。

我覺得美，可是如果以「美」這個字最深刻的意義來說，德國或法國的知識分子反而會覺得可疑。他們會覺得，如果這些起義受到太大的文化影響，這些起義就不可能是貨真價實、真正屬於人民的起義。這很奇怪，但對某些人來說，文化和人民是兩個不相容的概念。在這些人的眼裡，文化的概念和特權菁英的形象是混在一起的。這就是為什麼他們對「波蘭團結工聯」的運動表現出來的同情比從前那些起義多得多。不過，不管怎麼說，「團結工聯」運動在本質上跟從前的起義並沒有什麼不同，它只是那些起義的頂點：是人民與這個國家被迫害、忽視或羞辱的文化傳統最完美的結合（也是組織得最完美的聯盟）。

4

或許有人會說：就算中歐國家是在捍衛他們受到威脅的身分認同，但這並沒有讓他們的處境變得如此特殊。俄羅斯也處在類似的處境，它也正在失去自己的身分認同。確實，剝奪各個國族本質的不是俄羅斯，而是共產主義，而且共產主義也讓俄羅斯民族成了第一個受害者。當然，俄語扼殺了蘇聯帝國其他國族的語言，但這並不是因為俄羅斯人想要將其他國族俄羅斯化，而是因為蘇聯官僚體系具有深沉的非國族、反國族、超國族的需求，它需要一個技術工具來統一它的國家。

我理解這種邏輯，我也理解俄羅斯人的玻璃心，他們會因為人們有可能將世人憎恨的共產主義跟他們熱愛的祖國混為一談而感到痛苦。

但我們也必須理解波蘭人，他們的祖國除了兩次世界大戰之間的短暫時期之外，被俄羅斯奴役了兩個世紀，而且在這段時間裡經歷了堅持不懈、鋪天蓋地的俄羅斯化。

中歐，作為西方的東部邊境，這裡的人們一直對俄羅斯強權的危險較為敏感。而且不僅僅是波蘭人。弗朗齊歇克・帕拉茨基，這位偉大的歷史學家，也是十九世紀捷克最具代表性的政治人物，他在一八四八年寫給法蘭克福革命議會的著名信件裡，為哈布斯堡帝國的存在辯護，稱它是唯一可能抵禦俄羅斯的堡壘。「這個強權，今天無比巨大，正以任何西方國家都無法企及的速度在強化它的力量。」帕拉茨基提出警告，要大家當心俄羅斯的帝國野心，當心它試圖成為「全世界的君主國」。也就是說，它渴望統治全世界。帕拉茨基說，「俄羅斯成為全世界的君主國將是無以名狀的巨大災難，是無法度量也沒有界限的災難。」

依照帕拉茨基的說法，中歐應該是平等國族的家園，這些國族在一個共同的強大國家保護下，互相尊重，培育各自的獨特性。儘管這個夢想從未完全實現，但是所有偉大的中歐思想家所共有的這個夢想依然強大而且具有影響力。中歐希望成為歐洲及其豐富多樣性的縮影，成為一個高度歐洲化的小歐洲，成為以「**最小的空間裡有最大的多樣性**」原則所建立的袖珍歐洲模型。面對奉行相反原則的俄羅斯（「最大的空間裡有最少的多樣性」），中歐怎能不感到恐懼？

確實，對於中歐，對於中歐追求多樣化的熱情，沒有什麼是比俄羅斯這種形式統一、追求一致、中央集權的國家更陌生的了。它一直以駭人的決心將帝國的所有民族（烏克蘭人、白俄羅斯人、亞美尼亞人、拉脫維亞人、立陶宛人……

等等）轉變成單一的俄羅斯人民（或者——如同人們在今天這個詞彙已經被普遍神祕化的時代喜歡說的——轉變成單一的蘇維埃人民）。

話雖如此，共產主義究竟是俄羅斯歷史的否定，還是俄羅斯歷史的成就？

共產主義當然既是俄羅斯歷史的否定（例如對它的宗教性的否定），也是俄羅斯歷史的成就（成就了它的中央集權傾向和帝國的夢想）。

從俄羅斯的內部來看，前者（即不連續性的部分）是更為顯著的。而從被奴役的國家的角度來看，後者（即連續性的部分），是感受最強烈的[17]。

5

但我是不是正在以一種過於絕對的方式將俄羅斯與西方文明對立起來？歐洲雖然分為西歐和東歐兩部分，但歸根結柢不就是一個單一的實體，根植於古希臘，根植於所謂的猶太—基督教思想嗎？

當然是的。遙遠的古代根系把俄羅斯和我們連結在一起。而且整個十九世紀，俄羅斯都在向歐洲靠攏。這種迷戀是互相的。里爾克（Rilke）宣稱俄羅斯是他的精神祖國，沒人能逃脫偉大的俄羅斯小說的力量，而這些小說也離不開共同的歐洲文化。

是的，這一切都是真的，而這兩個歐洲的文化聯姻依舊會是偉大的回憶。[18]不過同樣真實的是，俄羅斯共產主義生

17 【作者注】波蘭哲學家、思想史學家萊謝克・科拉科夫斯基（Leszek Kołakowski）說過（《文學筆記》〔*Zeszyty literackie*〕，第二期，巴黎，一九八三）：「雖然我和索忍尼辛一樣認為，蘇維埃體系的壓迫特質超越了沙皇體制……但我不至於去理想化我的先人們對抗的那種制度，他們為此在可怕的條件下戰鬥、喪命、遭受酷刑、受辱……我認為索忍尼辛有理想化沙皇體制的傾向，這種事不只是我無法接受，我想任何波蘭人也都不能接受。」

18 【作者注】俄羅斯與西方文明最美好的聯姻就是史特拉汶斯基（Stravinsky）的作品。他的作品總結了西方音樂的千年歷史，而同時，透過作曲家的音樂想像力，依然深刻地表現出俄羅斯的特質。另一樁美好的聯姻在中歐締結，體現在一位偉大的俄羅斯文化愛好者萊奧什・楊納傑克（Leoš Janáček）的兩齣精彩歌劇：一部是根據奧斯特洛夫斯基（Ostrovski）的劇作《大雷雨》改編的（《卡塔・卡芭諾娃》，一九二四），另一部是我無比推崇的，改編自杜斯妥也夫斯基作品的同名劇作（《死屋手記》，一九二八）。而極具象徵意義的是，這兩齣歌劇從來不曾在俄羅斯上演，俄羅斯人甚至對它們的存在聞所未聞。共產主義的俄羅斯拒絕紆尊降貴與西方聯姻。

猛地重振了俄羅斯反西方的古老頑念，而且粗暴地將俄羅斯從西方歷史中拔除。

我要再次強調：正是在西方的東部邊境，我們可以比在其他地方更清楚地感受到俄羅斯作為一個反西方國家（Anti-Occident）；我們可以看到，俄羅斯不僅是一個歐洲的強權，而且是一個獨特的文明，是**另一種**文明。

切斯瓦夫・米沃什（Czesław Miłosz）[19]在他的著作《歐洲故土》（*Une autre Europe*）裡談到了這一點：在十六和十七世紀，莫斯科人對波蘭人來說是「我們在遙遠的邊境征伐的野蠻人。我們並沒有特別關注他們……在這個時代，波蘭人發現東方只是一片空無，他們從此形成了俄羅斯在『外面』，在世界之外的概念。」[20]

那些代表另一個世界的人被視為「野蠻人」。俄羅斯人在波蘭人眼中就是這樣的形象，一直都是如此。卡齊米日・布蘭迪斯（Kasimierz Brandys）[21]說了這個美麗的故事：一位波蘭作家遇到偉大的俄羅斯女詩人安娜・阿赫瑪托娃（Anna

19 切斯瓦夫・米沃什（一九一一－二〇〇四）：波蘭著名詩人，一九八〇年獲諾貝爾文學獎。

20 【作者注】即使是諾貝爾獎也無法動搖歐洲出版商對米沃什的愚蠢漠視。歸根究柢來說，他是一位太過精緻、太偉大的詩人，無法成為我們時代的人物。他的兩本文集《被禁錮的心靈》（*La Pensée captive*，一九五三）和《歐洲故土》（一九五九）是最早關於俄羅斯共產主義及其西進（Drang nach West）的細緻分析，無涉善惡二元論。

21 卡齊米日・布蘭迪斯（一九一六－二〇〇〇）：波蘭劇作家。

Akhmatova）[22]，波蘭作家抱怨自己的處境，他說，他的作品都被查禁了。阿赫瑪托娃打斷他的話：「您被監禁了嗎？」波蘭作家答說沒有。「您至少被逐出作家協會了吧？」「沒有。」「那麼，您是在抱怨什麼？」阿赫瑪托娃真心感到困惑。

布蘭迪斯的評論是：「這就是俄羅斯式的安慰。在他們眼裡，跟俄羅斯的命運比起來，根本沒有什麼嚇得倒人。可是這些安慰毫無意義。俄羅斯的命運並不在我們的意識裡；它對我們來說是陌生的；我們對此沒有責任。它壓迫在我們身上，但它並非我們的傳承。我和俄羅斯文學的關係也是如此。俄羅斯文學令我害怕。直到今天，果戈里（Gogol）[23]的某幾篇短篇小說和薩爾蒂科夫—謝德林（Saltykov-Chtchedrine）[24]寫的所有東西還是會嚇到我。我寧願不認識他們的世界，不知道這個世界的存在。」[25]

當然，布蘭迪斯關於果戈里的這番話所表達的不是對於果戈里的小說藝術的拒斥，而是對這個藝術所召喚的**這個世**

---

22 安娜・阿赫瑪托娃（一八八九－一九六六）：俄羅斯象徵主義詩人，自十月革命後常遭蘇聯當局迫害。

23 果戈里（一八〇九－一八五二）：俄羅斯寫實主義小說的奠基者，著有《死靈魂》等書。

24 薩爾蒂科夫－謝德林（一八二六－一八八九）：帝俄時期著名的諷刺作家。

25 【作者注】我一口氣讀完了布蘭迪斯這本書美國譯本的手稿，它的波蘭文書名*Miesiące*（意為「幾個月」），英譯書名是***A warsaw Diary***。如果您不想只停留在政治評論的表面，而是想深入了解波蘭悲劇的本質，我請您不要錯過這部偉大的作品！

界的恐懼：當這個世界離我們很遠時，它會讓我們著迷，它會吸引我們；一旦它在近處包圍我們，它就會顯露出它駭人的陌生性：它具有另一個不幸的維度（更大的維度），它具有另一幅空間圖像（空間如此巨大，以至於有些國族整個消失在其中），它具有另一種時間節奏（緩慢而有耐性）、另一種笑的方式、生活方式、死亡方式。[26]

這就是為什麼我所說的中歐在一九四五年之後感受到它命運的動盪，那不僅僅是一場政治災難，更是對它的文明的質疑。他們的抵抗，深層的含義是在捍衛他們的身分認同；或者，換句話說：是在捍衛他們的西方性。

6

我們已經不再對俄羅斯那些衛星國的政權抱有任何幻想，但我們忘了它們的悲劇的根本——它們從西方的地圖上消失了。

26【作者注】我讀過的最美、最清醒的關於俄羅斯作為一個特殊文明的文字，是蕭沆（Cioran）的這篇〈俄羅斯與自由的病毒〉（La Russie et le virus de la liberté），收錄在他的著作《歷史與烏托邦》（*Histoire et utopie*，一九六〇）中。《存在的誘惑》（*La Tentation d'exister*，一九五六）也包含了其他關於俄羅斯和歐洲的傑出思想。在我看來，蕭沆是當今少數幾位仍然在對歐洲以老派的整體面向提問的思想家之一。而且，如此提問的並非作為法國作家的蕭沆，而是中歐的蕭沆，來自羅馬尼亞，來自一個「建立卻注定要消逝，組織出色卻注定被吞噬」的國家（《存在的誘惑》）。人們只有在被吞噬的歐洲，才會思考歐洲。

如何解釋這悲劇的一面始終讓人近乎視而不見？

要解釋這個現象，首先，我們可以先歸因於中歐自身。波蘭人、捷克人和匈牙利人先前的歷史動盪、破碎，他們的國家傳統比那些歐洲的大型民族都弱，而且較不連續。這些國族夾在德國人和俄羅斯人之間，為了自身的生存和語言而鬥爭，耗費了太多力量。由於無法充分融入歐洲的意識之中，這些國族依舊是西方最不為人知也最脆弱的部分，而且被藏在那些怪異且難以理解的語言簾幕後面。

奧地利人的帝國曾有絕佳的機會在中歐創建強大的國家。可惜，奧地利人在高傲的日耳曼民族主義和自身的中歐使命之間分裂了。他們沒能成功打造一個由平等的國族所組成的聯邦國家，他們的失敗成為整個歐洲的災難。其他的中歐國家由於不滿，在一九一八年分裂了帝國，但這些國家沒有意識到，儘管帝國有其缺陷，卻是無法取代的。於是，在第一次世界大戰後，中歐成了一個由脆弱的小國家組成的區域，它們的弱小讓希特勒最初的征服可以得逞，也讓史達林取得最終的勝利。或許，在歐洲的集體潛意識中，這些國家始終代表著危險的麻煩製造者。

總而言之，我最後看到的是，中歐的錯誤在於我說的「斯拉夫世界意識形態」。我說的確實是「意識形態」，因為「斯拉夫世界」只不過是在十九世紀製造出來的一個裝神弄鬼的政治騙局。捷克人（儘管他們最有代表性的領袖人物嚴厲地警告過他們）喜歡揮舞它來天真地抵禦德國的侵略；而俄羅斯人則利用它來為他們的帝國野心辯護。「俄羅斯人喜歡把所有俄羅斯的東西都稱為斯拉夫，這樣他們以後就可以把所有斯拉夫的東西都稱為俄羅斯。」偉大的捷克作家卡雷爾・哈夫利切克（Karel Havlíček）[27]早在一八四四年就這麼說了，他警告他的同胞們不要愚蠢又不切實際地親俄。不切實際，是因為在捷克人的千年歷史裡，他們從來不曾與俄羅斯有過任何直接的接觸。儘管語言同源，他們與俄羅斯之間並沒有任何共同的**世界**、共同的歷史或共同的文化，而波蘭人與俄羅斯人的關係只有你死我活的鬥爭。

大約六十年前，人們喜歡給約瑟夫・康拉德・科熱日尼奧夫斯基（Józef Konrad Korzeniowski）和他的書貼上「斯拉夫靈魂」的標籤，只因為他有波蘭血統——這位作家為世

27【作者注】卡雷爾・哈夫利切克・博羅夫斯基（Karel Havlíček Borovský）於一八四三年前往俄羅斯，當年他二十二歲，在俄羅斯待了一年。他抵達俄羅斯的時候還是狂熱的斯拉夫派，但很快就成為批評俄羅斯最嚴厲的作家之一。他在信件和文章裡表達了自己的觀點，後來收錄在一本小書中。這些「俄羅斯信件」寫作的年代跟居斯汀（Custine）幾乎是同樣的年代。（譯按：居斯汀侯爵曾於一八三九年在俄羅斯旅行三個月，寫成《一八三九年的俄羅斯》一書。）這些信件與居斯汀這位法國旅行家的判斷相符。（兩者的相似之處經常很有趣。居斯汀說：「如果令郎對法國不滿意，請聽我的勸告：告訴他去俄羅斯。只要深刻了解這個國家，任誰都會永遠心甘情願地生活在其他地方。」哈夫利切克說：「如果您想真正為捷克人做點好事，就付錢讓他們去莫斯科旅行！」）而由於哈夫利切克是平民，是捷克的愛國者，不會有人懷疑他帶有反俄羅斯的成見或偏見，這樣的相似之處就更形重要了。哈夫利切克是十九世紀捷克政治的代表人物，他對帕拉茨基和馬薩里克（Masaryk）都有深刻的影響。（譯按：馬薩里克是捷克斯洛伐克的首任總統。）

人熟知的名字是約瑟夫・康拉德[28]——他憤怒地寫道：「在文學的世界，對波蘭人來說，沒有什麼比所謂的『斯拉夫精神』更陌生的了。波蘭人的氣質具有道德約束的騎士情感以及對個人權利的過分尊重。」（我實在太理解他的說法了！我也不知道有什麼比這種對晦暗深淵的崇拜，比這種如此喧鬧又如此空洞的溫情更可笑——而我們把這種崇拜、這種溫情稱為「斯拉夫靈魂」，而人們還時不時把它套用在我身上！[29]）

儘管如此，斯拉夫世界的觀念還是成了世界史的文獻裡常見的陳腔濫調。[30]一九四五年後，歐洲的分裂造成這個所謂的「世界」的統一（其中也包括可憐的匈牙利人和羅馬亞

28 約瑟夫・康拉德（Joseph Conrad，一八五七－一九二四）：波蘭裔英國作家，被譽為最偉大的英語作家之一，著有《黑暗之心》等書。

29 【作者注】有一本有趣的小書叫《如何成為外星人》（*How to be an Alien*），書中有一章名為〈靈魂與輕描淡寫〉（Soul and understatement），作者在其中談到了斯拉夫靈魂。「最糟糕的一種靈魂就是偉大的斯拉夫靈魂。擁有這種靈魂的人通常是思想非常深刻的人。他們喜歡說這樣的話：『有些時候我很開心，有些時候我很悲傷。您能為我解釋為什麼嗎？』或是：『我真是個謎。有些時候我會想成為另一個人，而不是現在的我。』或者：『當我在午夜獨自一人在森林裡，從一棵樹上跳到另一棵樹上的時候，我常會想，生命很奇怪。』」誰敢嘲笑偉大的斯拉夫靈魂呢？當然了，作者來自匈牙利，他叫做喬治・邁克斯（George Mikes）。只有在中歐，斯拉夫靈魂才會顯得可笑。

30 【作者注】例如，打開【七星文庫百科全書】的《世界史》（*Histoire universelle*），您會發現天主教會改革家揚・胡斯（Jan Hus）不是跟另一位宗教改革家路德（Luther）放在一起，而是跟俄羅斯的沙皇伊凡雷帝（Ivan le Terrible）放在同一章！而您如果要找一篇關於匈牙利的基本介紹，將是徒勞無功的。由於匈牙利人沒辦法被歸類在「斯拉夫世界」，匈牙利在歐洲的地圖上沒有任何位置。

人，他們的語言當然不是斯拉夫語；可是誰會在乎這樣的小細節呢？）於是，歐洲的分裂看起來簡直就是個近乎自然的解決方案。

7

所以，西方甚至沒有察覺中歐的消失，這是中歐的錯嗎？

不完全是。在二十世紀初，儘管中歐在政治上是弱勢，但它已經成為一個偉大的文化中心，或許還是最偉大的。在這方面，維也納的重要性在今天已是眾所周知，但有個部分我們再怎麼強調都不夠，那就是維也納的原創性如果沒有其他國家和城市作為背景，是無從想像的，而這些國家和城市也以自身的創造性參與了整個中歐文化。若說奧地利的荀白克（Schönberg）學派創立了十二音列的體系，那麼在我看來，匈牙利人貝拉・巴爾托克（Béla Bartók）則是二十世紀最偉大的兩三位音樂家之一，他仍然能夠在以調性為基礎的音樂裡，找到最後的原創的可能性。布拉格以卡夫卡和哈謝克的作品創造了一個偉大的小說世界，足以和維也納人穆齊爾（Musil）和布洛赫（Broch）的作品平起平坐。一九一八年之後，非德語國家的文化活力進一步強化，布拉格為世界帶來了布拉格語言學派的濫觴及其結構主義思潮[31]。貢布羅維奇（Gombrowicz）、舒茲（Schulz）和維特凱維奇（Witkiewicz），這個偉大的三位一體在波蘭預示了五〇年代的歐洲現代主義，特別是所謂的荒誕派戲劇。

這就出現了一個問題：所有這些創造力的大爆發僅僅是地理上的巧合，還是根植於某種悠久的傳統，根植於某種過往？換個方式說：我們可以將中歐視為一個擁有自己歷史的真正文化整體來談論嗎？而如果這樣的一個整體存在，我們可以在地理上界定它嗎？它的邊界在哪裡？

試圖準確定義這些邊界是注定徒勞的。因為中歐不是一個國家，而是一種文化或一種命運。中歐的邊界是想像的，必須根據每個新的歷史情境來勾勒和重新勾勒。

例如，早在十四世紀中葉，查理大學就在布拉格聚集了捷克、奧地利、巴伐利亞、薩克遜、波蘭、立陶宛、匈牙利和羅馬尼亞的知識分子（教授和學生），當時，一個多國族共同體的想法已經萌芽，每個人都有權在這裡使用自己的語

31【作者注】結構主義思潮確實是在一九二〇年代末誕生於布拉格的語言學圈子。這個圈子是由捷克、俄羅斯、德國和波蘭的學者所組成。正是在這個非常國際化的環境裡，穆卡洛夫斯基（Mukařovský）在三〇年代發展了他的結構主義美學，布拉格結構主義有機地根植於十九世紀的捷克形式主義。（在我看來，形式主義的趨勢在中歐比在其他地方更強，是因為音樂在中歐占有主導地位，而音樂學從本質上來說就是「形式主義的」。）穆卡洛夫斯基受到近期俄羅斯形式主義的衝擊啟發，但他徹底超越了俄羅斯形式主義單一面向的特質。結構主義者是布拉格前衛詩人和畫家的盟友（這也預示了三十年後在法國創立的聯盟）。他們藉由自己的影響力保護了前衛藝術，使其免受和現代藝術如影隨形的狹隘意識形態詮釋。穆卡洛夫斯基的作品全世界知名，但卻從未在法國出版。

言：事實上，在查理大學的間接影響下（宗教改革家揚・胡斯是這所大學的校長），當時出現了最早的匈牙利語和羅馬尼亞語的《聖經》翻譯。

其他的處境陸續出現：胡斯的宗教革命；匈牙利文藝復興時期馬加什・科爾溫（Mathias Korvin）[32]時代的國際性的影響力；哈布斯堡帝國建立，成為三個獨立國家（波希米亞、匈牙利和奧地利）的共主邦聯；對土耳其人的戰爭；十七世紀的反宗教改革（Contre-Réforme）。在這個時期，中歐的文化特殊性因為巴洛克藝術的非凡盛放而重新綻放光芒，連結了這個從薩爾斯堡一直到維爾紐斯（Wilno）[33]的廣闊地區。於是在歐洲地圖上，巴洛克的中歐（其特色是非理性的主導地位，以及造型藝術還有音樂所扮演的主導角色）成為與古典法國（其特色是理性的主導地位，以及文學和哲學扮演的主導角色）相對立的極點。中歐音樂非凡躍進的源頭就在這個巴洛克時期，從海頓到荀白克，從李斯特到巴爾托克，中歐音樂將整個歐洲音樂的演進凝聚在它自身。

在十九世紀，國族鬥爭（波蘭人、匈牙利人、捷克人、克羅埃西亞人、斯洛維尼亞人、羅馬尼亞人、猶太人）將這些國族彼此對立起來，儘管這些國族不團結，各自孤立又自

32 馬加什．科爾溫（一四四三－一四九〇）：匈牙利及克羅埃西亞國王馬加什一世。曾試圖結合匈牙利、波西米亞和奧地利建立大型政權，對抗南方的鄂圖曼帝國和周遭的強權。他在軍事和文藝方面都對匈牙利有極大貢獻，匈牙利人視他為民族英雄。

33 維爾紐斯：立陶宛首都。

我封閉，但他們都經歷過共同的大型存在經驗：一個國族在它的存在與不存在之間做出選擇；換句話說，在真正的國族生命與融入一個更大的國族之間做出選擇。

即使是奧地利人——他們的國族主導整個帝國——也無法逃避這種選擇的必然性；他們必須在自己的奧地利認同和融入更大的德國實體之間做出選擇。猶太人也無法迴避這個問題。猶太復國主義同樣也誕生於中歐，他們拒絕同化，只選擇了所有中歐國家的道路。

二十世紀出現了其他處境：帝國的崩潰、俄羅斯的吞併和中歐起義的漫長時期，這些都只是對於未知解決方案的一個巨大賭注。

所以，定義、確定中歐整體的，不可能是政治性的邊界（這些邊界是不可靠的，總是受到入侵、征服和占領的影響），而是**共同的大處境**。這樣的處境會將人民集合起來，並且總是以不同的方式將人民重新聚集在不斷變化的想像邊界裡。在這些邊界的內部，相同的記憶、相同的經驗、相同的傳統社群依然存在。

8

西格蒙德・佛洛伊德的父母來自波蘭，但是小西格蒙德的童年是在我的故鄉摩拉維亞度過的，埃德蒙德・胡塞爾

（Edmund Husserl）和古斯塔夫・馬勒（Gustav Mahler）也在摩拉維亞度過童年；維也納小說家約瑟夫・羅特（Joseph Roth）也一樣，他的根源在波蘭；偉大的捷克詩人朱利葉斯・澤耶爾（Julius Zeyer）出生於布拉格的一個德語家庭，卻選擇了捷克語作為他的語言。相反的，赫爾曼・卡夫卡的母語是捷克語，而他的兒子法蘭茲完全用德語寫作。作家戴里・蒂博爾（Tibor Déry）是一九五六年匈牙利起義的關鍵人物，他出身於一個德意志—匈牙利家庭，而我親愛的小說家朋友丹尼洛・契斯（Danilo Kiš）是匈牙利—南斯拉夫人。在這些最具代表性的人物身上，國族命運如此錯綜交織！

而所有我剛剛提到的這些人都是猶太人。的確，世界上沒有一個地方像這裡一樣深深銘刻著猶太人的天才印記。猶太人處處是異鄉，也處處為家，他們的養成教育超越了國族紛爭，在二十世紀成為中歐包容萬邦的整合要素，是中歐的智識紐帶，是中歐思想的濃縮，是中歐精神統一體的創造者。這就是為什麼我愛他們，我懷抱熱情與鄉愁珍視他們的文化遺產，彷彿那就是我自己個人傳承的遺產。

還有另一件事讓猶太國族對我來說如此珍貴；在我看來，中歐的命運正是集中、反映在猶太人的命運裡，中歐的命運在猶太人的命運裡找到它的象徵性形象。什麼是中歐？就是在俄羅斯和德國之間由小國族組成的不確定區域。我要特別強調「**小國族**」這個詞組。確實，猶太人是什麼？他們就是一個小國族，甚至是典型的小國族。在所有時代的所有小國族當中，唯一在帝國夾縫與歷史的毀滅性進程中倖存的小國族。

可是什麼是小國族？我想提出我的定義。小國族是指這樣的國族：他們的存在隨時有可能受到質疑、有可能會消失，而他們自己也知道。法國人、俄國人、英國人沒有對自己國族的存亡提問的習慣。他們的國歌只述說偉大與永恆。然而，波蘭國歌第一句唱的就是：「波蘭還沒有滅亡……」

中歐作為小國族的家園，它對世界有自己的看法，這種看法是基於對歷史的深刻不信任。歷史，它是黑格爾和馬克思的女神，它是審判我們並且評判我們的理性的化身。歷史，是戰勝者的歷史。然而，中歐人民不是戰勝者。他們與歐洲歷史密不可分，沒有歐洲歷史他們就不可能存在，但他們只是這個歷史的反面，他們是這個歷史的受害者和局外人。他們的文化、智慧、嘲諷偉大與榮耀的「不正經精神」（esprit de non-sérieux）……種種原創性的源頭就在這個幻滅的歷史經驗裡。「我們不要忘記，只有去反對歷史本身，我們才能反對今天的歷史。」我希望能把維托爾德・貢布羅維奇的這句話刻在中歐的大門上。[34]

34【作者注】關於「中歐的世界觀」，我讀過兩本非常喜歡的書：一本比較有文學性，書名是《中歐：軼事和歷史》（*L'Europe centrale : l'anecdote et l'histoire*），作者匿名（署名「約瑟夫・K」），流通、打字的地點都在布拉格；另一本比較有哲學性，書名是《生活世界：一個政治問題》（*Il mondo della vita : un problema politico*）；作者是義大利熱那亞的哲學家瓦茨拉夫・貝洛拉茨基（Václav Bělohradský）。這本書的法文版由Verdier出版社發行，值得高度關注。自一九八二年起，密西根大學出版了一本非常重要的期刊《橫流，中歐文化年鑑》（*Cross Currents, a Yearbook of Central European Culture*）在其中得到探討中歐問題。

這就是為什麼在這個「還沒有滅亡」的小國族地區，歐洲的脆弱性（甚至整個歐洲的脆弱性）會比其他地方更早、更清晰可見。在我們的現代世界，權力確實傾向於越來越集中在幾個大國手中，**所有**歐洲國家都有可能很快成為小國，承受小國的命運。就這層意義來說，中歐的命運就像是整個歐洲命運的預言，中歐的文化一下子就有了巨大的現實性。

只要去讀最偉大的幾部中歐小說[35]：在布洛赫的《夢遊者》裡，歷史像是價值敗壞的過程；穆齊爾的《沒有個性的人》描繪了一個欣快而不知明天即將滅亡的社會；在哈謝克的《好兵帥克》裡，保持自由的最後可能手段是裝瘋賣傻；卡夫卡的小說視野為我們述說一個沒有記憶、沒有歷史時間的世界。這個世紀至今所有偉大的中歐創作都可以理解為對於歐洲人可能終結的漫長沉思。

9

今天，中歐被俄羅斯奴役，只有奧地利這個小國不在此列，而奧地利之所以可以維持獨立，更多是出於運氣，而非

35【作者注】一向宣稱自己受中歐小說啟發的法國小說家是巴斯卡・雷內（Pascal Lainé）。他在他的訪談集《恕我直言》（Si j'ose dire，法國水星出版社〔Mercure de France〕）就這部分說了一些有趣的東西。

出於必然，但奧地利也被抽離了中歐的氛圍，失去它大部分的特殊性和全部的重要性。中歐的文化家園消失，對整個西方文明來說，當然是二十世紀最重大的事件之一。所以，我要再重複一次我的問題：為什麼這件事一直沒被看見，沒被命名？

我的答案很簡單：歐洲沒有留意到它偉大的文化家園消失，是因為歐洲不再感受到它的統合（unité）就是文化的統合。

那麼，歐洲的統合究竟建立在什麼基礎之上？

在中世紀，它建立在共同的宗教之上。

在現代（Temps moderne），當中世紀的上帝變成**隱藏的**

上帝（Deus absconditus），宗教讓位於文化，文化成為歐洲人理解、定義和認同自我的最高價值的實現。

不過，我認為在我們這個世紀，另一種變化正在發生，這個變化和前述將中世紀與近代分開的那種變化同樣重要。一如上帝曾將祂的位置讓給文化，現在輪到文化要讓位了。

但要讓位給什麼？讓位給誰？可以統合歐洲的最高價值會在哪個領域實現？科技的巨大成就？市場？媒體？（偉大的詩人會被偉大的記者取代嗎？）還是政治？但又是哪一種政治？右派的政治還是左派的政治？在這種既愚蠢又難以克服的善惡二元論之上，還存在一個我們可以理解的共同理想嗎？是寬容的原則嗎？是尊重他人的信仰和思想嗎？但是這種寬容如果不再保護任何豐富的創造力和強大的思想，它會不會變得空洞無用？或者，我們可不可以將文化的退位理解為一種解脫，我們應該欣然接受？或者，**隱藏的上帝**會回來占據空出來的位置變得明顯可見？我不知道，我完全不知道。我只相信我知道文化已經讓出了它的位置。

早在一九三〇年代，赫爾曼・布洛赫就對這個想法十分著迷。他說過這樣的話：「繪畫已經變成一種完全屬於圈內人的東西了，它屬於博物館的世界；人們不再對繪畫和繪畫的問題感興趣，它幾乎是一個過往時期的遺物了。」

這些話在當時聽來令人驚訝；今天就不是了。過去幾年，我自己做了一個小小的調查，我天真地問了我遇到的人們：他們最喜歡哪一位當代畫家？我發現沒有一個人有最喜歡的當代畫家，而且大多數人甚至不認得任何一位當代畫家。

這種情況在三十年前——在馬蒂斯和畢卡索那一代畫家還在世的時候——是無法想像的。在這段期間，繪畫失去了它的重要性，變成一種邊緣的活動。是因為繪畫沒那麼好了嗎？還是因為我們失去了對繪畫的品味和感受力？不管怎麼說，這門創造了時代風格、陪伴歐洲數世紀的藝術正在拋棄我們，或者說，我們正在拋棄它。

那麼，詩歌、音樂、建築、哲學呢？它們也失去了打造歐洲統一體、成為其基礎的能力了。對歐洲人來說，這是和非洲去殖民化同樣重要的轉變。

10

法蘭茲・威爾佛（Franz Werfel）的生命前三分之一在布拉格度過，另一個三分之一的時間在維也納，第三個三分之一移居異國，先是在法國，然後在美國；這是很典型的中歐人的生平。一九三七年，他和他的妻子（著名作曲家馬勒的遺孀阿爾瑪〔Alma〕）應國際聯盟（Société des Nations）的智力合作組織（Organisation de coopération intellectuelle）之邀，來巴黎參加一場以「文學的未來」為題的研討會。在威爾佛的講座中，他不僅反對希特勒的主張，也反對一般意義上的極權帶來的危險，反對我們這個時代的意識形態與新聞愚弄群眾，這些東西都會扼殺文化。他以他認為可以制止這個地獄進程的一個提議為他的講座作結：創立一個詩人和思想家的**世界學院（Weltakademie der Dichter und Denker）**。在任何情況下，學院的成員都不該由國家委派。成員的遴選應該僅依個人作品的價值決定。學院的成員人數應該在二十四至四十人之間，由世上最偉大的作家組成。學院獨立於政治與宣傳之外，它的使命是「正面應對世界的政治化和野蠻化」。

這個提議不僅沒被接受，還遭到毫無保留的嘲笑。當然，這樣的提議很天真。天真得不得了。在這個徹底政治化的世界裡，藝術家和思想家都已經無可救藥地「介入」了政治，要如何創建這樣一個獨立的學院？那只會像一群美麗的靈魂在聚會，散發出滑稽的氣息。

然而，這個天真的提議令我感動，因為它透露出一個絕望的需求——在一個缺乏價值的世界裡依然渴望找到一個道德權威。這只是一個焦慮的渴望，要讓幾不可聞的文化的聲音，要讓**Dichter und Denker**的聲音被人聽見。[36]

這個故事在我的記憶裡和某個早晨的回憶混在一起。那個早晨，我朋友的公寓遭到搜索，警方沒收了這位著名的捷克哲學家上千頁的哲學手稿。同一天，我們漫步在布拉格的街道上，從他住的城堡區（Hradchine）往下走到坎帕島（île de Kámpa）；我們穿過馬內斯橋（pont Mánes）。他想要開開玩笑：「警察要怎麼讀懂我的哲學語言？說起來還挺深奧的。」但是沒有任何玩笑可以平息他的焦慮，可以彌補他的損失。這份手稿的背後是哲學家十年研究的成果，而他沒有

36【作者注】威爾佛的演講本身一點也不天真，也沒有過時。它讓我想起了另一場演講，那是一九三五年羅伯特・穆齊爾在巴黎的「保衛文化大會」上發表的演講。他也和威爾佛一樣，看到了危險不僅在法西斯主義之中，也在共產主義裡。對他來說，捍衛文化並不意謂要讓文化介入政治的鬥爭（當時所有人對捍衛文化的理解都是如此），而是相反，要保護文化不要因為政治化而變得愚蠢。他們兩人都意識到，在科技和媒體的現代世界裡，文化的希望並不大。穆齊爾和威爾佛的觀點在巴黎得到的反應很冷淡。然而，在我身邊聽過的所有政治文化的討論當中，我對他們所說的幾乎沒有任何要補充的，而在這些時刻，我感覺自己和他們緊緊相連，在這些時刻，我無可救藥地覺得自己是中歐人。

留下任何副本。

我們討論了向國外發一封公開信的可能，把沒收手稿的事件變成國際醜聞。我們很清楚，發信的對象不該是一個機構或一位政治家，只能是一位超越政治的名人，它代表的是某種在歐洲普遍被認可、無須爭辯的價值。所以，要發信給一位文化名人。但是這個人在哪裡？

突然間，我們明白了，這樣的名人並不存在。是的，我們有大畫家、劇作家和音樂家，可是他們在社會上不再占據道德權威的特殊地位，歐洲不會接受他們作為精神代表。文化不再是實現最高價值的領域。

我們走向舊城廣場，當時我就住在附近，我們感到一股巨大的孤獨、一股空無，那是歐洲空間的空無，文化正在緩緩離去。[37]

37【作者注】最後，在猶豫了很久以後，他還是把這封信寄了出去，寄給尚-保羅・沙特。是的，他依然是文化界最後一位世界級的大人物：然而，正是他——在我看來——透過他的「介入」（engagement）概念，為文化這個自主、獨特、不可化約的力量的退位奠定了理論基礎。無論如何，他很迅速地以一篇發表在《世界報》的文章回應了我朋友的信。如果沒有這次干預，我相信警方不會將手稿還給哲學家（在將近一年以後）。沙特下葬那天，我對布拉格友人的回憶又在腦海裡浮現：從此，他的信再也找不到收件人了。

11

中歐國家從自身的經歷中保留下來對西方的最後記憶是一九一八年至一九三八年的這個時期。他們對這個時期的看重，超過他們歷史上的其他任何年代（祕密進行的調查證明了這一點）。所以他們的西方形象是昨日西方的形象；是文化還沒有完全讓位的那個西方。

就這個觀點而言，我想強調一個很有意義的情況：中歐的起義沒有得到報紙、廣播或電視的支持，也就是說，沒有得到媒體支持。它們是透過小說、詩歌、戲劇、電影、史學、文學雜誌、流行喜劇表演、哲學討論來準備、發動、實現的，也就是說，是透過文化。大眾媒體對法國人或美國人來說，是和當代西方形象融為一體的，而大眾媒體在這些起義中並沒有發揮任何作用（它們完全被國家控制）。[38]

這就是為什麼俄羅斯人占領捷克斯洛伐克的第一個重大後果就是捷克文化的原貌完全毀滅。這樣的毀滅有三重意義：首先，它摧毀了反對力量的中心；其次，它侵蝕了國族認同，讓它可以更容易被俄羅斯文明消化；第三，它以暴力終結了現代時期，也就是說，它終結了這個文化還代表著最

38【作者注】然而必須提到一個著名的例外：在俄羅斯占領捷克斯洛伐克的最初幾天，是廣播電台和電視台透過地下播放扮演了非常重要的角色。不過即使如此，也是文化代表們的聲音在主導。

高價值實現的時代。

在我看來，第三重意義的後果是影響最大的。確實，俄羅斯的極權主義文明就是對西方的徹底否定，這個西方誕生於現代初期，它的基礎是思考與懷疑的自我，它的特質是文化創作被視為這個獨一無二又無可模仿的自我的呈現。俄羅斯的入侵將捷克斯洛伐克拋擲到「後文化」時代，讓這個國家從此赤手空拳、赤裸裸地面對俄羅斯軍隊和無處不在的國營電視台。

受到俄羅斯入侵布拉格這個三重意義的悲劇衝擊，我來到法國時仍然心有餘悸。我試著向法國朋友解釋入侵之後發生的文化大屠殺：「想像一下！所有文學和文化期刊都被清除了！所有期刊，沒有例外！捷克的歷史上從沒發生過這種事，就算在二戰期間的納粹占領時期也沒有！」

然而，朋友們只是用一種尷尬的寬容神情看著我，而我後來才明白他們的意思。確實，當捷克斯洛伐克的所有期刊都被清除時，全國人民都知道，也焦慮不安地感受了這個事件的巨大影響。[39]而在法國或英國，如果所有期刊都消失

39【作者注】《文學報》是捷克作家協會出版的週刊，發行量三十萬份（在一個人口千萬的國家）。多年來，一直在為「布拉格之春」做準備的正是這份週刊，隨也後成為「布拉格之春」的論壇。從結構來看，它不像《時代》那種類型的週刊，每一本都一樣，遍布美國和歐洲。它真的是文學性的：裡面有長篇藝術專欄、書評。歷史、社會學、政治方面的文章不是由記者供稿，而是作家、歷史學家和哲學家寫的。我不知道我們這個世紀有哪一本歐洲的週刊可以像它這樣扮演如此重要的歷史角色，而且做得如此出色。捷克那些文學月刊的發行量在一萬冊到四萬冊之間，儘管受到審查，水準還是非常高。在波蘭，期刊也具有同等重要的地位：今天，波蘭有數百本（！）地下期刊！

了，沒有人會注意到，甚至出版社也不會注意到。在巴黎，即使在最有教養的圈子裡，人們晚餐時討論的都是電視節目，而不是那些期刊。因為文化已經把它的位置讓出來了。文化的消失，我們在布拉格經歷的是一場災難、一個衝擊、一場悲劇，在巴黎卻被視為平凡無奇的事，幾乎看不見，像個無關緊要的事件。

12

在奧匈帝國解體之後，中歐失去了它的壁壘。在奧斯威辛集中營之後，猶太國族從中歐的地表被清掃出去，中歐不是失去了它的靈魂嗎？在一九四五年之後，中歐從歐洲被抽離出來，它還存在嗎？

是的，中歐的創造力和起義說明了它「還沒有滅亡」。但是如果「活著」意謂「在所愛的人眼中存在」，那麼中歐已經不存在了。說得更精確一點：在它所愛的歐洲眼中，它只是蘇聯帝國的一部分，除此之外什麼都不是。

這有什麼好驚訝的？從政治體系來看，中歐是東方；從文化歷史來看，中歐是西方。可是由於歐洲正在失去自身的文化認同感，在它眼中就只看得到中歐的政治體制了；換句話說：歐洲看著中歐，但它的眼裡只看到東歐。

因此，中歐不僅要對抗大塊頭鄰居的沉重武力，還要對抗時間的無形力量，而時間正無可挽回地將文化的時代拋擲到後頭。這就是為什麼中歐的起義會帶有保守色彩（我甚至會說是過時的）：這些起義絕望地想要修復過往的時光、文化的過往時光，現代時期的過往時光，因為只有在那個時代，只有在保留著文化維度的世界，中歐才能捍衛自己的身分認同，才能以它原本的樣貌被人看見。

所以，中歐真正的悲劇並不是俄羅斯，而是歐洲。歐洲，這個對匈牙利通訊社社長來說如此有價值的歐洲，他甚至願意為之赴死，而且也求仁得仁。在鐵幕後頭，他沒有想到時代變了，他沒有想到在歐洲，歐洲已經不再被視為一種價值。他沒有想到，他透過電文發送到故國平原邊界之外的那句話會顯得過時，而且永遠不會被人理解。

智慧田 122

一個被綁架的西方國家或中歐的悲劇

填回函雙重禮
①立即送購書優惠券
②抽獎小禮物

作　　者｜米蘭・昆德拉（Milan Kundera）
譯　　者｜尉遲秀（Xiu Waits）
出 版 者｜大田出版有限公司
台北市一〇四四五中山北路二段二十六巷二號二樓
E-mail｜titan@morningstar.com.tw http://www.titan3.com.tw
編輯部專線｜（02）2562-1383 傳真：（02）2581-8761
總 編 輯｜莊培園
副總編輯｜蔡鳳儀
行政編輯｜鄭鈺澐
行銷編輯｜張筠和
助理編輯｜林潔映
校　　對｜黃薇霓/尉遲秀
內頁美術｜陳柔含

初　　刷｜二〇二四年八月一日　定價：三九九元

網路書店｜http://www.morningstar.com.tw（晨星網路書店）
TEL：（04）23595819 FAX：（04）23595493
購書Email｜service@morningstar.com.tw
郵政劃撥｜15060393（知己圖書股份有限公司）
印　　刷｜上好印刷股份有限公司
國際書碼｜978-986-179-895-0　CIP：882.46/113007445

國家圖書館出版品預行編目資料

一個被綁架的西方國家或中歐的悲劇／米蘭・昆德拉（Milan Kundera）著；尉遲秀（Xiu Waits）譯．——初版——台北市：大田，2024.08
面；公分．——（智慧田；122）
ISBN 978-986-179-895-0（平裝）

882.46　　113007445

DISCOURS AU CONGRÈS DES ÉCRIVAINS TCHÉCOSLOVAQUES
Copyright © 1967, Milan Kundera
All rights reserved
UN OCCIDENT KIDNAPPÉ OU LA TRAGÉDIE DE L' EUROPE CENTRALE
Copyright © 1983, Milan Kundera
All rights reserved
All adaptations of the work for film, theatre, television and radio are strictly prohibited.

© Éditions Gallimard, Paris, 2021 for the presentation by Jacques Rupnik and Pierre Nora

版權所有　翻印必究
如有破損或裝訂錯誤，請寄回本公司更換
法律顧問：陳思成